Nebulous Stars®

Hazelia

et la cabane enchantée

nebulousstars.com

Texte : Annie Turcotte.
Illustrations : Claire Anghinolfi et Alexandra Poulin.
Mise en pages : Léa Battikh.

Hachette Livre, 58, rue Jean-Bleuzen, 92178 Vanves Cedex.

Nebulous Stars®
Hazelia
et la cabane enchantée
hachette
JEUNESSE

Nebulia

Attentionnée
et généreuse,
Nebulia habite
l'Espace-en-Ciel.
Meneuse née, elle a
le don de faire ressortir
les forces de ses amies.
Dans ses temps libres,
elle se passionne pour
la coiffure et la mode.
Pour garder la forme,
elle pratique le yoga.

Hazelia

L'accueillante Hazelia
vit au cœur de
la Forêt enchantée.
Elle a le pouvoir
d'embellir la nature
par l'énergie qu'elle
transfère avec ses bras
aimants. Fidèle amie,
elle est toujours prête
à aider.
Pour s'occuper, elle
fait de la sculpture
sur bois.

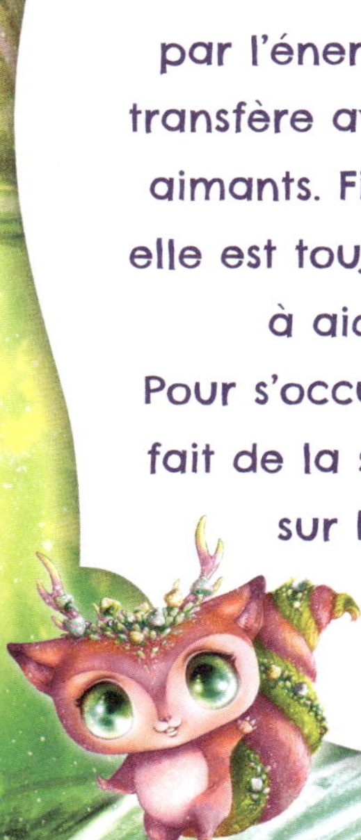

Isadora

Venant de la Plaine
polaire, Isadora est dotée
d'une belle curiosité.
Elle contrôle avec grâce
les aurores boréales en plus
d'avoir beaucoup de flair.
Passionnée
par l'écriture
et le *journaling,*
elle danse aussi
comme une fée.

Coralia

La douce Coralia
réside au creux
du Récif arc-en-ciel.
Empathique, elle adore
faire du bénévolat.
Excellente nageuse,
son don lui permet
de contrôler l'eau.
Elle fabrique de
magnifiques bijoux
et fait aussi
de la visualisation
positive.

Carte de la nébuleuse

L'ESPACE-
EN-CIEL
Nebulia
NEBULOPOLIS
LA RIVIÈRE
DE L'ÉTERNITÉ
Iceana
LA CHAMPIGNONNIÈRE
COSMIQUE
LES TERRES
GLACÉES
Orelia
LA FORÊT
ENCHANTÉE
LA FORÊT
LOINTAINE
Hazelia
LE LAGON
LUMINEUX
LE RÉCIF
ARC-EN-CIEL
Coralia

Prologue

Les légendes mystiques racontent qu'au plus profond de chaque nébuleuse se trouve un cœur qui donne vie à des âmes exceptionnelles et remplies d'un amour pur…

Découvre l'univers magique de Nebulous Stars. Dans ce monde fabuleux, les habitants sont responsables de la naissance des étoiles. C'est grâce aux énergies positives dégagées par tous, comme l'amour, le partage, la bonté et l'entraide, que l'Univers parvient à rester en équilibre. Mais lorsque des sentiments négatifs envahissent le cœur des résidents, les conséquences peuvent être graves ! Heureusement, tous les enfants apprennent très jeunes comment participer à rendre le monde meilleur.

Chaque personne contribue à sa façon au maintien de cet équilibre fragile grâce à ses pouvoirs fantastiques. Pars maintenant à la rencontre d'un groupe d'amies bien particulier et de leurs fidèles animaux magiques !

1

Une soirée pyjama qui tourne mal

Au-dessus de la Nébuleuse argentée, un croissant de lune perce les nuages et fait briller la Montagne des Saphirs. Celle-ci scintille jusqu'à la Forêt enchantée, d'où on entend, au loin, l'agréable ruissellement de la rivière. Une chouette de l'espace, juchée sur la plus haute branche d'un arbre, chante joyeusement. L'ambiance est paisible et, comme d'habitude, cet endroit magique est alimenté par l'amour des gens qui y vivent. Quoique, depuis quelque temps, de drôles de vibrations se font sentir un peu partout dans cette cité des étoiles…

Hazelia, une fillette énergique de la grande Nébuleuse argentée, vit dans une maison nichée dans le plus grand arbre cosmique de la forêt. La demeure impressionnante a été construite entre d'immenses branches par les ancêtres de son père. Sa famille est la quatrième génération à habiter ce généreux feuillu.

Depuis la fenêtre de sa chambre, Hazelia assiste aux majestueux spectacles que lui présente dame Nature selon les saisons. Tous les matins, c'est le chant des oiseaux qui la réveille. Avec une si belle musique, elle se lève toujours du bon pied !

Enfant unique, Hazelia est très proche de ses parents, qu'elle adore. Chez eux, la porte de la maison est toujours ouverte pour les voisins et amis qui ont besoin d'aide ou d'écoute. Et comme ils aiment faire la fête, la demeure est souvent animée par des événements de toutes sortes.

Ce soir en est un bel exemple. Hazelia est surexcitée à l'idée de recevoir ses copines Nebulia, Coralia et Isadora pour la nuit. Cet événement est prévu depuis longtemps ! Les quatre filles fréquentent la même école : l'Académie des Énergies. Puisqu'elles ont chacune obtenu dix étoiles lors de leur dernière évaluation sur le nom des astres, elles ont eu l'accord de leurs parents pour passer une nuit ensemble. Ce soir, elles dormiront donc dans leur refuge, une cabane construite dans le même grand arbre que

la maison d'Hazelia, mais sur des branches encore plus hautes ! De là-haut, la vue sur la nébuleuse est spectaculaire. Et les oiseaux chantent d'encore plus près.

Sac de couchage sous un bras et oreiller sous l'autre, les quatre amies sont aussi équipées de lampes lunaires frontales. En fillettes futées, elles ont tout prévu, même une collation. Fin prêtes, Hazelia et sa bande s'apprêtent à sortir de la maison pour vivre la plus belle nuit de leur vie !

Jusqu'à très tard ce soir, elles ont prévu de discuter, chanter et rire ensemble. Hazelia, qui déborde toujours d'imagination, a même organisé une chasse aux bonbons lucioles dans la noirceur de la forêt. Les bonbons lucioles, de petites billes sucrées qui brillent de mille feux dans la nuit, sont rien de moins que les friandises les plus extraordinaires de la galaxie !

– J'ai une idée ! dit Nebulia avant de sortir. Quand on aura trouvé tous les bonbons cachés dans l'arbre, on les rassemblera dans un grand pot de verre et on pourra illuminer notre cabane pendant toute la nuit !

– Oui ! Mais si on veut de la lumière jusqu'au lever du soleil, on devra déposer le pot le plus loin possible de la gourmande Elana, précise Isadora en riant.

En effet, Elana, l'animoulous d'Hazelia, adore manger ! De leur groupe d'amies, seules Nebulia et Hazelia ont jusqu'à maintenant eu la chance d'avoir rencontré leur animoulous, ces petites créatures merveilleuses qui naissent dans des étoiles filantes et qui, un jour, croisent le destin d'un enfant. Dès lors, les deux font la paire. Ils deviennent inséparables et meilleurs amis pour toute la vie. En plus, Hazelia a rencontré Elana il y a

quelques jours à peine, voilà donc une raison de plus pour faire la fête ! Elle était dans sa cabane, appliquée à faire une sculpture sur bois, lorsque l'étoile abritant sa petite Elana est entrée par surprise par la fenêtre. Quel bonheur elle a ressenti quand elle a entendu le craquement de la coquille de l'étoile et qu'elle a découvert cette petite bête à la queue touffue et aux jolis bois sur la tête.

– N'ayez crainte, les filles ! J'ai aussi des chips et des éclairs au chocolat, précise Hazelia pour les rassurer.

– En plus, Coralia a une boîte pleine de biscuits arc-en-ciel ! ajoute Isadora.

– Nooooooooon ! Que je suis bête ! Je les ai oubliés ! dit Coralia, visiblement gênée par la situation.

– Ah ! Tu n'avais que ça à apporter et il fallait que tu les oublies ! lance spontanément

Isadora à Coralia, qui se contente de baisser la tête, tout en transportant l'assiette de bonbons cuisinés avec amour par la mère d'Hazelia.

Au moment de sortir de la maison, Hazelia ne retient pas la porte pour ses amies, et celle-ci se referme sur Coralia qui laisse alors échapper l'assiette. Du coup, tous les bonbons tombent entre les planches du parquet.

– Oups ! s'écrie-t-elle en se sentant doublement mal à l'aise.

– Alors là ! Vous le faites exprès ou quoi ? s'emporte Nebulia en accusant du regard à la fois Coralia qui a laissé tomber les friandises et Hazelia qui ne s'est pas donné la peine de retenir la porte pour son amie afin d'éviter ce désastre.

– Je n'aime pas du tout l'énergie en ce moment ! bougonne Hazelia, elle aussi d'un ton énervé.

Décidément, les filles se fâchent bien rapidement ! Ce n'est pas habituel dans leur petit groupe. Mais il est vrai que, dernièrement, les vibrations sont plus négatives que d'habitude dans la ville. En fait, on dirait bien que tout le monde se regarde trop le nombril et que l'entraide n'est plus au rendez-vous…

Lorsqu'elles sont toutes à l'extérieur, la dispute reprend de plus belle :

– Tu aurais pu prendre le temps de lui tenir la porte, rappelle Nebulia à Hazelia.

– Mais je ne savais pas qu'elle me suivait de si près, se défend Hazelia d'un ton sec.

– Le moins que l'on puisse dire, c'est qu'il y a de l'électricité dans l'air. Je dirais même que ça frôle l'orage électrique ! plaisante Isadora, pour faire sourire ses amies.

Mais son intervention n'a aucun effet positif sur l'état du groupe.

– On a bien mal choisi notre moment pour se quereller, dit Hazelia, froissée. Moi qui pensais que j'allais vivre la plus belle soirée de ma vie, on peut dire que c'est complètement raté !

Les filles, blessées, se mettent à parler toutes en même temps ! C'est si cacophonique qu'Elana pose les pattes sur ses oreilles. La mignonne et fragile créature est vite imitée par Stella, l'animoulous de Nebulia, qui n'en peut plus également.

2

Quand le vent se lève

Les amies, toujours sur le balcon de la maison, s'obstinent encore et encore. Les deux animoulous, inconfortables devant un tel brouhaha, ne savent plus où regarder ni où se tenir. Puis, au moment où Coralia ouvre la bouche pour en rajouter, un grondement très fort résonne dans le ciel de la nébuleuse.

– *Woooooooooooov !*

Le bruit est menaçant et capte instantanément l'attention des filles, qui arrêtent aussitôt de parler et de bouger. Les animoulous, déjà ébranlés par la dispute, tremblent maintenant de peur.

C'est alors qu'un vent stellaire se lève de façon saisissante et fait tournoyer tout ce qui se trouve autour de la maison d'Hazelia. La mini-tornade fait claquer la porte, provoquant un bruit sec qui fait sursauter les amies.

Nebulia prend vite Stella dans ses bras pour la caresser. Après tout, il n'y a rien de tel qu'un câlin aimant pour nous rassurer lorsqu'on vit une petite ou une grande peur.

L'immense vent, venu d'on ne sait où, transporte sur son passage un impressionnant nuage de poussière d'étoiles orange qui grossit, grossit et grossit encore. Toute la forêt est envahie par cette présence terrifiante. Un ciel orangé éclaire maintenant toute la région. Avec fracas, la force obscure transporte tous les objets légers sur son passage. Voilà même que les chips s'envolent une à une du bol d'Hazelia. Elles semblent quasiment danser dans les airs ! Et que dire des éclairs au chocolat qui, emportés par une bourrasque, vont s'écraser contre une imposante branche d'arbre cosmique ?

Devant cet étrange spectacle, les copines restent complètement figées. Pour essayer de se calmer et ne pas céder à la panique, elles prennent de grandes inspirations, lentement, en essayant de concentrer leur attention sur l'air qu'elles inspirent et expirent plutôt que sur le grondement du vent.

La teinte surprenante de la poussière qui virevolte autour d'elles est amplifiée par la lumière des lampes lunaires frontales de chacune. Doucement, les fillettes reculent à petits pas vers la porte de la maison.

– Vite, entrez ! crie le père d'Hazelia, qui ouvre la porte rapidement en faisant bondir une seconde fois les fillettes et les animoulous par sa soudaine présence.

Bien qu'il tente maladroitement de le cacher, il est lui aussi très inquiet de la situation…

À l'intérieur, les filles sont drôlement décoiffées et différents débris sont coincés ici et là dans leurs chevelures abondantes. Naïvement, Coralia saisit une chips dans les cheveux d'Isadora et la mange. Lorsque ses copines la questionnent du regard pour ce geste assez rigolo, elle hausse simplement les épaules !

Le père d'Hazelia, les yeux rivés à la fenêtre, se veut rassurant :

– Bien qu'on soit hors saison, il s'agit probablement d'une tempête stellaire.

Puisque c'est son travail d'étudier et d'écouter les vents stellaires, il aurait pourtant dû savoir, grâce à ses appareils sophistiqués, qu'une telle tempête approchait de la Nébuleuse argentée… Jamais auparavant il n'a été témoin d'un tel vent orange qui frappe sans préavis.

Même si la mini-tornade semble s'être calmée, l'événement a convaincu les filles de demeurer dans la maison d'Hazelia pour la nuit.

Au lieu de camper dans leur refuge, comme prévu, elles s'installent maintenant dans la chambre d'Hazelia, située à l'étage de sa chaleureuse maison. Dans le plus

grand des silences, à travers les nombreuses sculptures de bois qui décorent la pièce, elles disposent leurs matelas et leurs sacs de couchage sur le sol.

Pour aider la petite bande à se détendre et calmer les animoulous ébranlés par les émotions de la soirée, Hazelia lance une musique relaxante. Les filles, chacune dans son sac de couchage, n'ont plus du tout le cœur à la fête. En plus, elles n'ont plus une seule collation à grignoter, quoique, de toute façon, la frousse leur a coupé l'appétit.

– Bonne nuit, les filles, souffle Hazelia, d'un ton triste, tout en serrant Elana contre son cœur.

– Bonne nuit, répètent les autres à l'unisson, sur un ton qui témoigne de leur déception quant au dénouement de la soirée.

– Au moins, ici, on est en sécurité. Papa trouvera sûrement une réponse logique à ce qui s'est passé, les rassure sagement Hazelia.

Pendant ce temps, au rez-de-chaussée, assis à la table ronde de la cuisine avec une tonne de bouquins ouverts devant lui, le père d'Hazelia, lunettes sur le bout du nez, cherche à comprendre le phénomène qui vient de frapper la nébuleuse. La Forêt enchantée, et plus particulièrement son terrain boisé, semblent avoir été au cœur de cette tempête…

– Mais d'où vient ce grand vent étrange ? Orange… se dit-il à lui-même, en chuchotant. Pourquoi orange ?

Une boîte poussiéreuse remplie d'objets anciens se trouve également devant lui. Il en sort un autre livre qui porte sur la définition des couleurs. Les couleurs sont, en effet, toutes porteuses de sens. D'ailleurs, dans la grande Nébuleuse argentée, plus on avance en âge, plus on en distingue les teintes et les nuances. Certaines personnes très âgées perçoivent dans les couleurs un scintillement qui relève de la magie !

– « L'orangé est la couleur de l'entraide », lit à voix basse le papa d'Hazelia.

Il en déduit que quelqu'un essaie de communiquer avec eux, de leur envoyer un message. Mais de qui peut-il bien s'agir ? Il n'en sait rien !

Or, il est bien conscient que la notion d'entraide a perdu de son importance, ces derniers jours. En fait, les habitants, qui ont l'habitude d'échanger conseils et services, se montrent plutôt égoïstes en ce moment, depuis que le passage d'un astéroïde a brouillé les énergies partout sur la nébuleuse. Les habitants manquent beaucoup d'entrain et la fatigue ressentie par tous fait en sorte qu'ils sont peu réceptifs aux besoins des autres. Cependant, l'heure du changement a sonné. Le message est clair. Il faut agir avant que les beautés de la nébuleuse ne soient plus sérieusement affectées par cet important manque de collaboration et d'amour.

3

Bataille d'oreillers

Le soleil pointe le bout de son nez dans le ciel de la grande Nébuleuse argentée. De majestueux perroquets cosmiques blancs et brillants virevoltent au-dessus de la Rivière de l'Éternité avant de venir se poser dans les arbres géants. La vie reprend son cours dans la Forêt enchantée, encore ébranlée par le grand vent de la veille. Ici et là, des voisins mécontents et épuisés ramassent les dégâts laissés par la tempête. Même les étoiles sont moins brillantes à cause des mauvaises vibrations dégagées par les habitants !

Dans la chambre d'Hazelia, tout le monde dort. Du moins jusqu'à ce qu'Elana et Stella commencent à jouer au fond d'un sac de couchage. Elles réveillent tranquillement les copines avec leurs petits cris matinaux qui ressemblent à des rires coquins. Les filles ouvrent les yeux les unes après les autres, amusées par les petites créatures qui ne tiennent plus en place et qui font maintenant des pirouettes aux quatre coins de la chambre. Isadora est la seule à dormir encore.

Rapidement, le souvenir du grand vent refait surface. Les filles aux longs cheveux emmêlés ne reviennent toujours pas de ce qui s'est passé la veille.

– Je me suis réveillée en sursaut pendant la nuit, chuchote Hazelia, pour ne pas déranger Isadora. J'étais certaine que le vent orange frappait contre la fenêtre de la chambre pour entrer.

– J'ai aussi eu du mal à dormir, ajoute Nebulia. Au milieu de la nuit, j'ai pris ma lampe lunaire frontale et sorti mon journal intime. Écrire m'aide toujours à me calmer. Ensuite, pour me rendormir, je me suis imaginée chez moi, étendue sur mon petit

nuage douillet, comptant les étoiles filantes qui passent dans le ciel. Ça fonctionne à tous les coups !

– Je comprends… J'ai rapproché mon sac de couchage de celui d'Hazelia au beau milieu de la nuit, avoue Coralia. Je me sentais bien loin de mon Récif arc-en-ciel ! Dans ma chambre, blottie dans mon coquillage, j'ai l'impression que rien ne peut m'arriver.

Dans un élan d'amitié, Hazelia sort de la chaleur de son sac pour aller enlacer son amie.

Puis, de l'autre côté de la porte, on entend la voix chaleureuse de la maman d'Hazelia :

– Le petit déjeuner est servi ! lance-t-elle gentiment depuis le rez-de-chaussée.

Immédiatement, suivant l'odeur agréable qui monte jusqu'à eux, les animoulous sortent de leur cachette et se placent devant la porte, attendant qu'on leur ouvre pour enfin descendre se régaler.

Comme Isadora dort toujours, les filles se regroupent autour d'elle pour lui faire une blague avant de descendre. Complices, elles se mettent à souffler sur leur amie encore endormie, comme le ferait le grand vent orange. La jeune fille ouvre un œil… puis deux. Réalisant qu'on se moque d'elle, Isadora prend son oreiller à deux mains et se lance à la poursuite de celles qui osent encore lui souffler dessus ! Il n'en faut pas plus pour que ce moment de douce moquerie se transforme en une immense bataille d'oreillers ! Après tout, que serait une soirée pyjama sans une tonne de plumes qui virevoltent dans tous les sens ?

Toujours devant la porte, affamés, les animoulous regardent les amies en tapant désormais de la patte, incapables de gérer leur ventre qui gargouille.

Après quelques fous rires et bâillements matinaux, sans ranger la chambre qui est véritablement sens dessus dessous, les copines sortent de la pièce pour descendre manger avec les parents d'Hazelia.

4

Une boîte intrigante au petit déjeuner

Au rez-de-chaussée, sur l'îlot de la cuisine, un réel festin attend la bande. On y retrouve, entre autres, une haute tour de crêpes colorées recouverte de sucre en poudre rose, une salade de fruits frais des arbres du jardin, un pichet d'eau de Lune aux fraises et du sirop de la Forêt enchantée. Et, bien sûr, on y trouve aussi une boîte de céréales en forme de lettres, les favorites des enfants de la nébuleuse ! Non seulement elles sont succulentes, mais lorsqu'on les verse dans un bol de lait, les lettres forment rapidement un mot gentil pour nous aider à commencer la journée avec le sourire !

Comme la table ronde n'est pas assez grande pour accueillir tout le monde et qu'elle est toujours encombrée d'une pile de livres que consulte encore le père d'Hazelia, ainsi que d'une boîte poussiéreuse, les enfants s'installent un peu partout dans la petite cuisine lumineuse pour manger. De la grande fenêtre qui éclaire la pièce, on peut voir que le mauvais temps est passé et que le soleil est maître du jour.

– Il y a quoi dans cette boîte, papa ? demande Hazelia, qui passe derrière lui en s'amusant à tracer un cœur dans la poussière accumulée sur le couvercle de celle-ci.

– Il s'agit de vieux souvenirs, ma puce, répond-il. Des livres, des photos… Oh, je vais vous faire de la place à table ! ajoute-t-il en réalisant tout à coup qu'il occupe toute la surface.

Il ramasse alors la boîte et les livres anciens pour les remonter au grenier.

Puis, pour illuminer davantage ce doux matin, un immense oiseau au plumage coloré vient soudainement s'installer sur le rebord de la fenêtre. Cela fait sourire les filles, affamées, qui s'empiffrent en l'admirant. La tempête de la veille semble appartenir au passé.

Pour divertir la bande, qui a connu une soirée décevante, la mère d'Hazelia s'amuse à leur lancer des crêpes qu'elles doivent attraper habilement, à la volée, avec leurs assiettes.

Les rires fusent de partout et les animoulous sautent sur les crêpes que les filles laisser tomber sur le plancher. Les quatre amies ont retrouvé une certaine tranquillité d'esprit et un joli sourire. Bref, la nuit a fait son œuvre. Et l'humour aussi !

5

Le grand ménage du jardin

Une fois le ventre plein, les quatre copines sortent de la demeure d'Hazelia en compagnie d'Elana, de Stella et du père d'Hazelia. Dès le premier coup d'œil, elles constatent les importants dégâts causés par la tempête de la veille…

Le jardin d'Hazelia est unique en son genre. Chez elle, la nature a pris vie au creux

d'un arbre gigantesque. Son jardin est donc situé dans un tronc et entouré d'immenses branches qui ressemblent à des bras aimants. Mais depuis le passage du grand vent orangé, non seulement toutes les chaises sont renversées, mais les plantations de champignons sauteurs sont abîmées, tout comme les arbustes danseurs et les fougères phosphorescentes. En outre, plusieurs branches d'arbres cosmiques sont cassées et dispersées ici et là. Et que dire des feuilles? Il y en a partout! Puis, comble de malheur, le vent a endommagé leur cabane, juchée plus haut dans l'arbre géant. Les filles sont tristes. Leur refuge, l'endroit de toutes les confidences, leur repaire tranquille, est sérieusement abîmé. Et une fine couche de poussière orangée tapisse le paysage.

– C’est une catastrophe ! s’écrie Hazelia en se prenant la tête à deux mains. Mais pourquoi le vent s’est-il fâché ainsi ? Hein, papa ? Papa ?

Sortant de ses pensées en entendant la voix de sa fille, le père d’Hazelia retire ses lunettes, regarde vers le ciel et réfléchit à voix haute :

– Vous savez, les filles, la nature est grandement influencée par nos gestes et nos comportements. Il y a toujours une explication à ses agissements. Le défi, pour un scientifique comme moi, est de trouver ces réponses.

– Êtes-vous certain de pouvoir trouver la raison de cette catastrophe ? questionne Isadora, curieuse de nature.

Le père d’Hazelia hoche la tête de gauche à droite. Il n’en sait visiblement rien pour le moment. Mais si on se fie à son air sérieux, il n'a pas dit son dernier mot ! Il se penche pour toucher du bout des doigts la poussière orange qui ressemble à du sable très fin. Il analyse ensuite l'échantillon dans la lumière du soleil, levant ses doigts vers le ciel.

– Pour le moment, tout ce que je sais, c'est qu'on a voulu nous transmettre un message. Et d'après mes premières recherches, il est question d'entraide… Je crois d'ailleurs que tout le monde a remarqué, depuis le passage de l'astéroïde, que cette valeur est moins présente dans la nébuleuse.

– Alors, écoutons le message et commençons par le jardin ! propose Hazelia. Vous voyez comme moi qu'il a grandement besoin de notre aide !

– Allez hop, les filles, au boulot ! encourage Nebulia en se tapotant le ventre. Ça va nous aider à digérer toutes les crêpes qu'on a mangées !

Hazelia commence par enlacer les arbres des environs un par un, comme pour leur faire de gros câlins réconfortants. Chaque fois, l'arbre retrouve un peu de sa vitalité et verdit timidement, en faisant repousser les feuilles arrachées par le vent. Puis elle monte dans chacune des hautes branches à une vitesse incroyable, comme le ferait un habile écureuil. Une fois à la cime de chaque arbre, elle prend soin de redonner vie aux branches cassées.

– Quel magnifique pouvoir elle a ! lance Nebulia, toujours épatée de voir sa copine interagir si facilement avec la nature.

Dans la grande Nébuleuse argentée, tous les habitants ont des pouvoirs spéciaux. Ces dons servent, entre autres, à maintenir les bonnes énergies dans leur univers et à faire naître les étoiles. Mais bien qu'ils soient innés, ces pouvoirs se développent avec le temps. Plusieurs enfants mettent d'ailleurs des années à découvrir le leur.

Toutes se mettent à l'ouvrage, le cœur joyeux, pour aider la famille d'Hazelia à ramasser et à réparer les dégâts. Chacune s'y prend à sa façon, en fonction de ses habiletés.

Isadora prend d'abord le temps de toucher des doigts la substance orange laissée par le vent. Elle porte aussi un peu de cet étrange résidu à son nez. La jeune fille est dotée d'un don qui lui permet de sentir la présence des gens, même s'ils ne sont pas là physiquement. Elle sent bel et bien une certaine présence, mais elle ne parvient pas à savoir de qui il s'agit… Comme son pouvoir ne la conduit nulle part, elle se remet au travail et ramasse quelques débris.

Quant à elle, Coralia a développé, comme le reste de sa famille, un lien magique avec l'eau. Elle parvient, entre autres, à contrôler et à multiplier l'eau, principalement celle du Récif arc-en-ciel d'où elle vient. Afin de toujours pouvoir compter sur son pouvoir, elle porte à son cou un pendentif dans lequel elle préserve une goutte d'eau de son récif. Constatant que la substance orange sur le sol est difficile à nettoyer, elle ouvre son pendentif et verse minutieusement la précieuse goutte dans le creux de sa main. D'un geste vif, le regard déterminé, elle lance la goutte d'eau dans le ciel. Puis, la contrôlant avec ses mains levées bien haut, elle parvient à la transformer en mille gouttelettes qui retombent joliment tout en lavant le sol orange au passage. Par la même occasion, l'eau alimente les racines des arbres, arbustes et fougères qui reprennent de la vigueur.

– Waouh ! s'exclame Hazelia. Merci pour votre aide, les amies ! Toutes les branches cassées peuvent être déposées ici, indique-t-elle. Si vous en avez envie, plus tard, on pourra faire un joli feu de joie avec celles-ci et se réchauffer tout autour !

C'est ainsi que, dans la bonne humeur, le groupe continue à s'entraider pour tout ramasser.

6

La chute d'Elana

Afin que tout le ménage du jardin soit terminé rapidement, même les petits animoulous mettent la patte à la pâte. Elana, aventureuse et grimpeuse dans l'âme, décide de monter seule dans l'échelle suspendue qui mène à la cabane. Cependant, celle-ci est lourdement endommagée. Plusieurs des barreaux sont cassés. Devant les yeux inquiets d'Hazelia qui n'a pas le temps d'ouvrir la bouche pour l'avertir de redescendre, Elana glisse sur un barreau cassé. Tombant de très haut, la petite lance un cri strident qui saisit tout le monde. Elle semble s'être blessée sérieusement.

Heureusement pour Elana, la maman d'Hazelia possède un don de guérisseuse. Ce pouvoir, d'abord destiné à guérir les éléments de la nature, lui a été transmis par sa propre mère qui, elle, le tenait de sa grand-mère... Ce don est vraiment très impressionnant ! Il est utile et rassurant, en plus ! La maman d'Hazelia s'en sert principalement pour guérir les arbres et végétaux malades, mais il lui permet aussi de soulager les douleurs chez les animaux et les humains. Lorsque les blessures ne sont pas trop graves, elle parvient à apaiser le mal que quelqu'un ressent juste en se concentrant et en passant lentement ses mains au-dessus de la plaie.

La mère d'Hazelia s'exécute. Entre ses mains exceptionnelles et la patte endolorie d'Elana, l'air se brouille. C'est un peu comme si on voyait passer le courant qui circule entre les deux.

En quelques minutes seulement, dans le silence total que tous doivent respecter pour que le traitement soit efficace, la fragile Elana retrouve le sourire. Néanmoins, parce que sa petite patte restera sensible pendant quelque temps, la mère d'Hazelia lui fait un bandage. Et sa prescription est la suivante : défense de grimper aux arbres pendant deux bonnes semaines !

Les filles terminent ensuite le ménage avec soin, et ce, à l'extérieur comme dans la chambre d'Hazelia, abandonnée tel un champ de bataille plus tôt dans la matinée.

Les copines d'Hazelia rentrent ensuite chez elles sur leurs trottinettes volantes, dont la base est un nebulo-stratus, un petit nuage plat qui plane près du sol. Grâce aux courants d'air lumineux, elles avancent très vite aujourd'hui !

Maintenant qu'Hazelia et ses parents sont en famille, une discussion au sujet de la fameuse cabane s'impose.

– Avant qu'un enfant ou qu'un autre animoulous ne se blesse, je pense qu'on doit démolir la cabane, affirme la mère d'Hazelia.

Son père est aussi d'accord.

C'est aussitôt le drame pour leur fille, qui fond en larmes et court s'enfermer dans sa chambre en claquant la porte ! Elle est si fâchée par cette mauvaise nouvelle qu'elle laisse même Elana seule dans le couloir. Comme chaque fois qu'une énergie hautement négative survient dans la nébuleuse, une aura sombre se dessine autour d'Hazelia. Cela n'annonce rien de bon, bien au contraire…

7

L'immense chagrin d'Hazelia

Pour Hazelia, vivre sans sa cabane est tout simplement impensable. C'est le dernier souvenir qu'elle a de son papi, qui est passé de l'autre côté des étoiles, depuis. C'est d'abord pour son père que cette cabane avait été construite, lorsqu'il était lui-même tout-petit. Des lunes plus tard, le vieil homme l'avait rénovée et repeinte à son goût à elle, juste pour lui faire plaisir. Elle se souvient de cette journée comme si c'était hier. Elle était si impressionnée de voir son papi grimper habilement aux arbres pour réparer la cabane et s'assurer qu'elle résiste au mauvais temps.

Alors qu'Hazelia a encore la tête dans les nuages et les yeux dans le brouillard, ses parents frappent à sa porte.

– Hazelia ? dit doucement son père.

Silence.

– Hazelia ? répète sa mère.

N'obtenant aucune réponse, et inquiets de l'état de leur fille, ils entrent calmement dans sa chambre. Elana, qui attendait sagement devant la porte, saisit l'occasion et se faufile à l'intérieur. Les parents trouvent Hazelia étendue sur son lit, le nez enfoui dans la couverture qui la réchauffe tous les soirs depuis sa naissance. Autour d'elle, ils perçoivent l'aura noire représentant les énergies négatives qui envahissent encore son cœur. Cela les tracasse.

– Ça va aller, mon cœur. Je suis certaine que tu vas t'habituer à ne plus avoir cette vieille cabane, lui dit sa mère.

– Vous ne pouvez pas comprendre, répond-elle, le nez encore dans sa couverture qu'elle passe maintenant par-dessus sa tête pour ne plus les voir.

Sa maman lui caresse doucement et longuement le dos, sans rien ajouter. Cela calme Hazelia, qui décide finalement de sortir la tête de sa tanière et de se tourner vers eux. Pendant ce temps, son père, qui l'a rarement vue dans cet état, fait les cent pas autour de son lit. Quelque chose le préoccupe, et ses tracas semblent aller bien au-delà de la peine de sa fille…

– Vous ne pouvez pas faire ça ! explique-t-elle, les joues encore rouges d'émotion.

– Hazelia… lui lance son père d'un ton un peu découragé.

– C'est toute ma vie, cette cabane ! Est-ce trop difficile à comprendre ? crie-t-elle désormais à son père qui, avec ses yeux fâchés, lui indique de changer d'attitude. S'il y en a un qui devrait pourtant comprendre, c'est bien toi ! Tu as aussi passé tous tes étés dans la cabane quand tu étais plus jeune.

Voilà qu'Hazelia se remet à pleurer. Ses parents tentent en vain de lui faire un gros câlin, mais ils constatent qu'il n'y a rien de plus à faire pour le moment. Leur fille est inconsolable et dégage de plus en plus de sombres vibrations. Pourtant, Hazelia parvient assez bien à contrôler ses émotions, habituellement… Mais cette peine-ci semble bien plus difficile à surmonter que les précédentes. Ils la laissent réfléchir seule dans sa chambre.

Elana rejoint Hazelia, qui a replongé sous sa couverture. Elle se retrouve nez à nez avec elle et commence à lui faire de petites grimaces rigolotes. Rien n'y fait. Hazelia ne réagit pas. Elana décide alors de descendre lui chatouiller les pieds avec son museau. Encore une fois, rien ne semble fonctionner. Elle a alors l'idée de bondir, de sauter et de danser sur trois pattes, partout dans la pièce. La cherchant du regard pour s'assurer qu'elle ne se blesse pas à nouveau, Hazelia sort de sous sa couverture. Comble de malheur, Elana s'emmêle dans une vieille paire de chaussettes qui traîne sur le sol et tombe sur le dos. Elle ne bouge plus ! C'est le silence total. Hazelia,

apeurée, se lève brusquement de son lit pour voir si son animoulous se porte bien. C'est alors qu'Elana, avec son plus beau sourire, lui saute au cou. Hazelia, bien malgré elle, éclate de rire, soulagée.

Parfois, sans même parler, juste par notre présence, on peut vraiment aider une amie

à se sentir mieux. Et voilà que l'aura foncée s'efface tranquillement autour d'Hazelia…

8

La réunion d'urgence

Les amies d'Hazelia sont toujours là pour se consoler et s'encourager les unes les autres. Elles se sont obstinées la veille, mais rien ne sera jamais assez grave pour briser leur amitié.

En réalité, elles sont toutes bouleversées par la démolition de leur refuge. Assises sur le balcon d'Hazelia, à l'ombre, elles discutent devant un grand pichet de limonade scintillante.

– Ça fait si longtemps qu'on joue dans cette cabane qu'on s'y sent un peu comme chez nous, affirme Coralia, une des plus anciennes amies d'Hazelia.

– Cette cabane, c'est l'endroit magique où on a partagé toutes nos joies, soupire Isadora.

– Toutes nos peurs et nos peines aussi ! ajoute Nebulia. Vous souvenez-vous de la fois où on avait barré la porte ?

– On était prêtes à y rester tant que les parents d'Isadora ne revenaient pas vivre ensemble ! complète Hazelia.

– Oui ! se souvient Isadora, en souriant. Notre tactique n'avait pas fonctionné, mes parents se sont quand même séparés pour de bon, mais ça m'avait fait tellement de bien de

savoir que je n'étais pas toute seule et que je pouvais compter sur vous pour traverser cette épreuve.

– Il y a aussi la fois où Coralia s'était cachée dans la cabane pendant toute une journée parce qu'elle s'était maquillée avec du colorant alimentaire et que son visage semblait être taché… pour toute la vie ! pouffe Nebulia.

Toutes les filles ont alors un immense fou rire en se rappelant ce souvenir. Coralia rougit…

– Et c'est ici que mon destin a croisé celui de ma petite Elana, descendue du ciel dans son étoile… ajoute Hazelia en flattant sa petite bête amoureusement.

Hazelia sent à nouveau sa gorge se nouer et l'émotion monter en elle.

Les filles se rapprochent toutes afin de se serrer dans leurs bras. Bien que chacune d'elles soit triste, elles savent que c'est pour leur copine Hazelia que la situation est la plus difficile à vivre. Ça ne fait aucun doute : il faut absolument trouver un moyen de réparer la cabane au lieu de la détruire !

Les filles décident de se ressaisir et de prendre les choses en main.

– Et si on apprenait quelques bases de construction dans les livres de la grande bibliothèque ? suggère Nebulia.

– Je doute que nos parents nous laissent utiliser les gros outils nécessaires à la coupe des matériaux, songe Isadora.

– De toute façon, on les trouve où, ces matériaux et ces outils ? ajoute Coralia.

– Je sais que ma voisine a quelques planches de trop qui ne servent plus, avance Nebulia.

– Et mon père a encore tous les outils de mon grand-père dans un coffre, précise Hazelia, avec une lueur d'espoir dans l'œil.

À force de réfléchir et d'échanger leurs bonnes idées, les filles réalisent qu'elles connaissent toutes quelqu'un qui pourrait leur fournir ce dont elles ont besoin pour réparer leur refuge. Mais comme elles n'ont pas assez de pièces d'or étoilées pour payer

les matériaux, elles se demandent ce qu'elles pourraient offrir en échange de ceux-ci.

– Je pourrais coiffer les gens et leur donner des cours de yoga, suggère Nebulia, toujours pleine d'initiative.

– J'ai quelques sculptures sur bois qui pourraient être échangées, dit Hazelia. Et toi, Isadora, tu pourrais peut-être offrir des cours de danse ? Et Coralia, échanger quelques bijoux, si tu le veux bien…

Leur plan devient clair. Pour ne rien oublier, Nebulia sort son journal afin de tout prendre en note.

Lorsque le père d'Hazelia vient les rejoindre sur le balcon, il transporte un gros sac rempli de matériel scientifique. Il semble être sur le point d'aller travailler.

– Papa, dit Hazelia. On a un grand service à te demander.

– Je vous écoute, répond-il en regardant le ciel, mais je n'ai pas beaucoup de temps.

– On aimerait que vous nous aidiez à reconstruire la cabane, lance soudainement Coralia, elle-même surprise d'avoir osé prendre la parole avant les autres.

– Je vois… répond le père d'Hazelia. Je ne veux pas vous décevoir, mais j'ai beaucoup de travail à faire pour comprendre ce qui a provoqué le vent stellaire orange. En plus, je n'ai pas tout le matériel nécessaire pour reconstruire la cabane. Elle est si haute, c'est un travail très risqué. Il faut beaucoup d'habileté pour ne pas se blesser.

– Papa ! Tu sais très bien que personne ne grimpe aussi bien que nous aux arbres !

– Pour le matériel, on a tout prévu, précise Nebulia en lui montrant la liste inscrite dans son journal.

Le père d'Hazelia, visiblement impressionné par le plan des filles, ne peut pas les laisser tomber aussi facilement.

– Commencez par rassembler tout ce qui se trouve sur cette liste et on en reparlera. Maintenant, je dois aller travailler !

Le père d'Hazelia disparaît ensuite dans le grand escalier en colimaçon qui permet de descendre de l'arbre cosmique vers le reste de la Forêt enchantée.

9

Des bricolages remplis de talent !

Laissant ses copines sur le balcon, Hazelia rentre chez elle rapidement pour aller chercher son matériel de bricolage.

– Suivez-moi, dit-elle en transportant une boîte remplie de crayons de couleur, de blocs à dessins, de ciseaux, de bâtons de colle, de paillettes scintillantes et de cartons.

Enthousiasmées par l'idée de bricoler ensemble, les filles descendent du balcon pour s'installer dans la grande balançoire en bois suspendue plus bas au jardin. Chacune se met rapidement au travail.

Sur un carton aqua, Coralia, qui excelle dans l'art de créer des bijoux depuis quelques années déjà, prépare une première affiche.

– Je vais d'abord inscrire la liste de tous les bijoux que je peux fabriquer et je vais les dessiner pour donner des exemples à mes futurs clients, explique-t-elle à ses copines.

Isadora, de son côté, dessine de jolies ballerines. Comme elle fait souvent du *journaling* visuel, une sorte de journal intime créatif où les mots sont décorés de petits dessins, de collages et d'autocollants, ses affiches sont fabuleuses.

– J'essaie de reproduire le même dessin sur plusieurs cartons en notant toutes les sortes de danses que je peux enseigner. Si mes voisins souhaitent que j'enseigne à leurs enfants, ils auront peut-être des matériaux à échanger contre mes services !

Nebulia travaille aussi sur sa publicité. Elle, ce sont des cours de yoga et ses services de coiffeuse qu'elle propose.

– Regardez, les filles ! dit Nebulia en présentant son affiche rose. Je propose même de faire le toilettage des animoulous qui en ont besoin. Évidemment, j'ai dessiné ma mignonne Stella comme modèle…

Puis on peut lire, sur celle d'Hazelia : « Sculptures sur bois personnalisées à échanger contre matériaux de construction. » La liste des matériaux recherchés est notée avec précision en bas de page et les paillettes scintillantes, collées tout autour, attirent vite le regard.

Toutes sont soudain très emballées par leurs petites missions respectives !

Une fois leurs affiches publicitaires terminées, les filles aident Hazelia à ranger le matériel de bricolage. Ensuite, elles glissent leurs créations soigneusement roulées dans leurs sacs à dos, et sautent sur leurs trottinettes volantes. Tout le reste de l'après-midi, elles sont en mission. Elles fixent leurs affiches sur de nombreux arbres de la nébuleuse. Une fois leur tournée terminée, elles n'ont plus qu'à croiser les doigts pour que leur plan fonctionne.

Sans même s'en rendre compte, par leurs annonces qui proposent toutes sortes d'échanges, elles sont en train de répandre l'entraide dans la grande Nébuleuse argentée. Voilà qui est un pas dans la bonne direction afin d'éloigner le grand vent orange à tout jamais !

10

L'entraide renaît dans la nébuleuse

Dans les jours qui suivent cet après-midi de bricolage, les copines n'ont même pas le temps de se voir, tellement elles sont occupées.

Les cours de danse d'Isadora, et ceux de yoga de Nebulia, sont très populaires auprès des enfants des environs. Les filles rassemblent les tout-petits dans le parc du

Jardin des Fleurs et les font bouger tous les matins. En venant chercher leurs enfants, les parents leur déposent du matériel de construction pour les remercier. Voilà une belle forme d'entraide qui ne passe pas inaperçue ! Depuis quelques jours, on sent que les habitants de la nébuleuse sont plus souriants, plus joyeux et qu'ils tendent la main aux autres plus facilement.

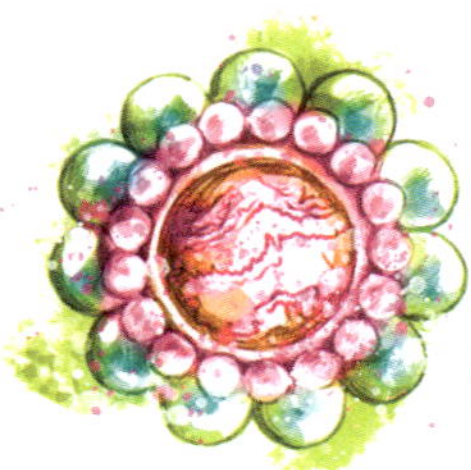

Coralia, quant à elle, fabrique des bijoux à la chaîne. C'est dans la sérénité de son Récif arc-en-ciel qu'elle travaille. À chaque bille qu'elle ajoute sur un bijou, elle offre une pensée positive à la personne à qui celui-ci est destiné. Les gens disent se sentir mieux lorsqu'ils portent ses créations. Le mot s'est vite propagé dans la cité et de plus en plus de clients lui passent des commandes. Colliers, bracelets, boucles d'oreilles… elle fait de tout et ses œuvres sont splendides. En échange de leurs bijoux porte-bonheur, les gens se font un plaisir de lui offrir des matériaux pour la cabane.

De son côté, Hazelia a de la corne sur les doigts à force de sculpter le bois. Les gens exposent ses créations un peu partout devant leur maison en échange de matériaux ! Bref, les quatre amies font des affaires en or avec leurs services et réalisations. Elles ont réussi à réunir le matériel nécessaire, mais surtout, elles ont rassemblé à nouveau les habitants de la nébuleuse. Par leur détermination, elles ont démontré aux gens à quel point il est important de s'aider les uns les autres pour mieux avancer et rééquilibrer les énergies dans l'Univers.

Depuis qu'elles ont commencé leur mission, le ciel s'est éclairci, les arbres sont plus verdoyants et les étoiles brillent plus que jamais. Et par-dessus tout, le vent orange n'est pas revenu ! Les filles sont sûres que, bientôt, elles pourront à nouveau se réunir dans leur cabane.

Pour souligner leurs nombreux efforts, elles décident d'organiser une petite fête dans le jardin d'Hazelia, au cœur du grand arbre. En souvenir de leur soirée pyjama ratée, elles s'offrent les friandises qu'elles n'avaient pas mangées ce soir-là. Au menu donc : bonbons lucioles, chips et éclairs au chocolat !

C'est autour d'un feu de joie, fait à partir des débris de bois ramassés après le passage de la tempête, que les amies célèbrent la possible reconstruction de leur précieux refuge. Elles auraient bien aimé montrer tous les matériaux qu'elles ont trouvés au père d'Hazelia, mais il est parti travailler très tôt ce matin et n'est toujours pas rentré. Dommage !

11

La mystérieuse disparition

Il se fait tard. Coralia, Nebulia et Isadora sont toutes rentrées chez elles. Au moment de se mettre au lit avec son animoulous, Hazelia se confie à sa mère, venue la border.

– Maman, trouves-tu cela normal que papa ne soit toujours pas rentré du travail ?

– Ne t'inquiète pas, lui répond sa douce maman. Tu connais ton père. Lorsqu'il n'arrive pas à trouver ce qu'il cherche, il en fait une obsession ! Il est probablement sur une bonne piste. Endors-toi bien. Je t'aime.

– Je t'aime aussi, maman.

Après un long câlin avec sa fille adorée, la maman d'Hazelia quitte la chambre sur la pointe des pieds pour ne pas réveiller Elana qui dort déjà.

Tout le monde s'endort dans cet univers niché au cœur des étoiles. Enfin, tout le monde ou presque…

Au petit matin, comme à l'habitude, Hazelia se réveille au son du chant des oiseaux. Après quelques étirements, elle descend dans la cuisine pour petit-déjeuner, accompagnée de son animoulous. Sa mère est déjà assise à l'îlot et boit son café.

– Papa est encore au lit? demande Hazelia. Il est rentré très tard?

– Non. Papa n'est pas encore rentré, répond sa maman, sans lever les yeux.

Cette fois, Hazelia perçoit un peu d'inquiétude dans sa voix. Cela n'a rien de rassurant. Alors, même si elle espérait que son père commence à réparer la cabane aujourd'hui, elle décide de ne pas en parler. Ce n'est pas le moment. Elle s'approche plutôt de sa maman et appuie sa tête sur son épaule pour la soutenir.

– Comme tu disais hier soir, il est sûrement sur une piste prometteuse. Tu vas voir. Non seulement il va revenir, mais il aura percé le mystère du vent orange, la rassure Hazelia.

Même si ses yeux sont un peu tristes, la maman d'Hazelia sourit. Elle est tellement fière de sa fille qui devient de plus en plus empathique, sensible et à l'écoute des autres.

– Reste assise, ma belle maman d'amour. C'est moi qui cuisine le petit déjeuner ce matin ! propose Hazelia.

Elle ouvre alors la grande fenêtre de la cuisine, puis étire son bras pour cueillir quelques délicieux fruits frais sur les branches les plus proches.

Hazelia lave les fruits avec soin avant de les déposer dans une belle assiette. Ensuite, sur une planche de bois, elle coupe deux tranches de pain frais et étale un peu de confiture de fraises sur chacune. Elle sort enfin un gros morceau de fromage du frigo et l'ajoute à son plateau.

– Voilà ! dit-elle à sa maman, en déposant l'appétissant repas sur le comptoir.

Elles mangent en compagnie d'Elana, puis la maman d'Hazelia monte se préparer pour se rendre au Jardin d'étoiles où elle travaille aujourd'hui. Elle y passe beaucoup de temps à soigner les étoiles vieillissantes.

Quand sa maman part travailler, Hazelia rejoint ses copines dans le parc du Jardin des Fleurs. C'est leur lieu préféré pour se retrouver, et c'est aussi le lieu le plus central de la nébuleuse.

Les jeunes filles et les animoulous s'amusent à courir dans les champs, afin de se dégourdir les jambes. À bout de souffle, tous se regroupent autour de la Fontaine enchantée. Cette fontaine, située en plein centre du parc, est sans doute la plus belle de l'Univers. Construite de pierres blanches, elle brille sous le soleil, le jour, et sous la lueur de la lune ou des étoiles, la nuit. Ses jets d'eau forment un grand cœur et il est permis d'y lancer des pierres plates pour faire des vœux. Comme il fait très chaud aujourd'hui, les animoulous se baignent dans la fontaine.

Une à une, les copines s'amusent à y lancer des pierres, formulant un vœu chaque fois. Hazelia souhaite que son papa revienne rapidement…

Plus tard, toutes les filles s'étendent sur le dos, dans les herbes hautes, à travers les marguerites cosmiques. Leurs animoulous, épuisés par la baignade, les imitent. Elles s'amusent d'abord à trouver à quelles formes ressemblent les nuages. Puis Hazelia décide de se confier à ses amies.

– Mon père n'est pas rentré à la maison depuis hier. Il cherche encore à résoudre le mystère de la tempête stellaire.

– C'est terrible ! s'exclame Coralia. Sais-tu où il peut être ?

– Non, pas du tout ! Il suit les vents. Il peut donc être partout.

À force de trop penser, Hazelia sent l'angoisse monter en elle. Elle redevient très inquiète.

– Et si le vent orange l'avait emporté ? Pire, s'il était tombé dans un trou noir ? demande-t-elle à ses amies qui ne savent pas quoi lui répondre.

– Dire qu'on a travaillé si fort pour assembler tous les matériaux et pour faire régner l'entraide sur la nébuleuse... Et voilà qu'on n'a plus personne pour nous aider à reconstruire la cabane, soupire Isadora, l'air triste.

Nebulia lui donne aussitôt un petit coup de coude dans les côtes, afin qu'elle comprenne que ce n'est pas le moment d'en rajouter ! Isadora comprend le message.

Hazelia réfléchit un long moment, toujours en fixant le ciel. Elle repense à la cabane, à son père…

– Celui-là est en forme de cœur ! dit Coralia en désignant un nuage qui passe au-dessus du groupe.

– Un cœur… La boîte ! crie soudainement Hazelia. La boîte poussiéreuse sur laquelle j'ai dessiné un cœur !

Puis, d'un coup, la jeune fille se relève.

– J'ai peut-être une piste, affirme-t-elle à ses amies. Ça vous dit de mener une enquête ? Suivez-moi !

Les filles, toujours avides de nouveaux projets excitants, se lèvent et suivent Hazelia avec curiosité.

12

Petites inspectrices en herbe

Hazelia ramène ses complices chez elle. Une fois à l'intérieur, toutes se dirigent rapidement vers le grenier. Pour y monter, Hazelia ouvre la grande trappe dans le plafond en tirant très fort sur une corde. C'est alors qu'un escalier descend jusqu'à leurs pieds. Hazelia est la première à monter. Ses amies la suivent.

Le grenier est poussiéreux. Seule une minuscule fenêtre laisse entrer un rayon de lumière. Des toiles d'araignées sont tissées un peu partout et de vieux meubles sont recouverts de toiles blanches, légèrement jaunies par le temps.

– Regardez ! dit Hazelia aux autres, en pointant du doigt des traces de pas sur la poussière du plancher.

Les traces sont récentes et leur taille indique qu'il s'agit d'une grande personne avec de grands pieds !

– Quelqu'un se cache ici ? demande Coralia, incertaine de vouloir avancer davantage.

– Non, non ! la rassure Hazelia. Ce sont les traces de mon père ! Je l'ai vu fouiller dans une vieille boîte poussiéreuse, le lendemain de la tempête. J'aimerais bien

savoir ce qu'il y avait dedans… Peut-être qu'elle cache des indices pour le retrouver !

– Excellente idée ! affirme Isadora, qui se met aussitôt à suivre les traces de pas.

Les filles se retrouvent devant une grosse malle ancienne en métal. Sous le regard de ses copines intriguées, Hazelia ouvre d'abord le coffre en douceur. Puis, pour leur faire peur, elle l'ouvre entièrement d'un geste brusque en criant : « Bouh ! »

Ses trois amies sursautent et reculent d'un pas. Coralia se retrouve même sur les fesses, et se met à crier dès qu'elle réalise qu'elle a des toiles d'araignées plein la chevelure.

– Ahhh ! Non ! hurle-t-elle en agitant ses bras dans toutes les directions pour chasser des araignées… invisibles !

– Ha ! Ha ! Ha ! rigole Hazelia. Je vous ai bien eues ! Tu peux te relever, ajoute-t-elle

en tendant la main à Coralia. Il n'y a aucune araignée en vue !

Ses trois amies ne semblent pas avoir apprécié sa blague. Elle reprend donc son sérieux et se concentre sur le contenu du coffre.

– C'est cette boîte qui traînait sur la table ronde, l'autre matin, explique-t-elle en la sortant de la malle. Vous voyez, j'y ai même tracé un cœur.

Les filles s'installent à genoux, en cercle, pour analyser le contenu de la boîte. Elles y trouvent un livre sur la signification des couleurs, mais aussi des photos. Dans le livre, une photo sert justement de signet. Sur la page indiquée, on peut lire la définition de la couleur orange :

– « L'orangé est la couleur de l'entraide », lit Nebulia à voix haute.

Quant à Hazelia, ses yeux fixent la photo qui servait de signet. Elle y reconnaît sa grand-mère, décédée il y a de nombreuses années. Celle-ci est dans un drôle d'endroit. Un lieu qu'Hazelia ne connaît pas. Tout autour de sa grand-maman, toutes sortes d'éprouvettes de différentes couleurs sont rangées sur des étagères en pierre brillante.

– C'est ma grand-maman, explique Hazelia. Quelqu'un reconnaît l'endroit où elle se trouve ?

– Pas du tout, répond Isadora. Mais lorsque je touche la photo, je ressens la même présence que dans ton jardin au lendemain de la tempête. C'est donc ta grand-mère que je ressentais dans la poussière orange… Mon don me permet de sentir à nouveau sa présence.

Puis Nebulia s'empare de la fameuse photo.

– Il y a une note à l'arrière, indique-t-elle. Il est inscrit : « Ventilothèque ». Ça t'en dit plus, Hazelia ?

Hazelia fait signe que non. Toutefois, elle sait que sa grand-mère, tout comme son père, était une grande passionnée des vents.

– Je ne savais même pas que ce lieu existait… Selon moi, c'est là que mon père doit se trouver actuellement ! lance-t-elle en se levant. Attendez… Regardez ce qui brille sur la photo, à la sortie de la grotte !

– Des marguerites cosmiques ! crient les filles en chœur.

– Cette grotte donne sur le Jardin des Fleurs ! déduit Isadora. La pierre brillante des étagères est la même que celle de la Fontaine enchantée.

Hazelia et ses copines remettent la boîte dans la grande malle avant de redescendre du grenier. Elles quittent la maison en direction du Jardin des Fleurs.

13

Le vent tourne

Arrivées à destination, les filles rejoignent l'endroit où poussent les marguerites cosmiques. Il se trouve tout près de la fontaine, où une butte est formée par d'immenses rochers. Les filles connaissent bien cet endroit. Elles s'amusent à y grimper depuis qu'elles sont toutes petites.

Mais cette fois, elles ne se contentent pas de jouer. Elles analysent les lieux avec un grand intérêt, comme le feraient des enquêteurs. Partout, dans tous les recoins, elles cherchent des indices.

– Par ici, crie Nebulia. Je pense que j'ai trouvé quelque chose.

Les filles se rassemblent autour d'une grande trace de pas laissée dans la boue du terrain. Cette empreinte est de la même taille que celle trouvée dans le grenier d'Hazelia.

– Ton père est assurément passé par ici, commente Isadora, qui ressent soudainement sa présence.

Les filles suivent les traces, mais celles-ci s'arrêtent net dès que la boue est remplacée par de l'herbe. C'est alors que Coralia lève la tête et remarque, droit devant, un immense rocher plat. Elle s'y rend en courant, suivie par les autres. Arrivée devant le rocher, elle essaie de le déplacer.

– Vite, aidez-moi ! Les pas de ton père nous mènent droit vers ce rocher.

En y mettant toute leur énergie, les filles parviennent à déplacer un peu la grosse pierre. Immédiatement, un vif filet de vent orangé provenant de la grotte souffle vers elles.

Heureusement, le souffle n'est pas menaçant et s'arrête rapidement. Les filles osent alors pénétrer à l'intérieur de la grotte. Se tenant toutes par la main, elles avancent à petits pas dans le tunnel qui se fait de plus en plus sombre. Puis, au loin, elles aperçoivent une lueur.

– Est-ce que ce sont les yeux d'un animal ? chuchote Coralia, très inquiète.

– Je ne crois pas, répond Nebulia.

– Je préfère retourner à l'extérieur de la grotte, annonce Isadora.

– Moi aussi, dit Coralia. J'ai trop peur.

– Je comprends, répond Hazelia. Sortez, si c'est ce que vous voulez. Moi, je vais jusqu'au bout.

– Je reste avec toi, dit Nebulia, en serrant de plus belle la main de son amie.

Alors que Coralia et Isadora rebroussent chemin, les courageuses Nebulia et Hazelia avancent vers la lueur. Elles ont si peur que leurs genoux claquent ensemble à chaque pas qu'elles font.

– Est-ce qu'il y a quelqu'un ? demande Hazelia en s'approchant de la lueur.

Au fond de la grotte, un grand mouvement fait sursauter les deux fillettes.

– Je suis morte de trouille ! bafouille Nebulia.

Une ombre géante s'approche des deux amies.

– Hazelia ? prononce l'ombre devant les filles qui reculent d'un pas.

– Papa ! s'écrie Hazelia, soulagée, lorsqu'elle reconnaît la voix.

Le père d'Hazelia vient vite enlacer les deux filles pour les rassurer.

– Mais qu'est-ce que vous faites ici ? demande-t-il, inquiet. Comment avez-vous trouvé cet endroit gardé secret depuis des années ?

– La photo, papa. J'ai reconnu le champ de marguerites cosmiques…

– Petite futée ! dit-il.

Comme sur la photo trouvée dans le livre, des milliers d'éprouvettes transparentes au contenu coloré sont posées sur des étagères autour d'eux. Celles-ci sont taillées dans une pierre lisse et brillante.

– Oooh ! s'exclame Hazelia.

– Bienvenue dans la ventilothèque des ancêtres, précise son père. Voyez-vous, dans chaque éprouvette se trouve le dernier

souffle d'une personne décédée. Chaque souffle, s'il est libéré, peut donner naissance à un vent dont la couleur est unique. On les appelle les vents du passé…

Les deux filles sont très impressionnées par ce qu'elles voient. Devant leurs yeux ébahis, le père d'Hazelia saisit doucement une éprouvette de vent du passé et en retire délicatement le petit bouchon. Immédiatement, un souffle vif de couleur mauve en sort avec une force impressionnante. Le père d'Hazelia referme aussitôt le bouchon, ce qui a pour effet de calmer la mini-tempête.

– Je me suis trompé, admet-il aux jeunes filles. Il ne s'agissait pas d'un vent stellaire comme je le croyais, mais plutôt du dernier souffle de ta grand-mère.

À l'extérieur de la grotte, Coralia et Isadora sursautent, surprises par le vent mauve qui glisse entre elles à la vitesse de l'éclair.

– Mais qu'est-ce qui se passe là-dedans ? demande Isadora, encore plus inquiète.

Dans la grotte, la discussion se poursuit :

– J'en ai mis des heures avant de comprendre que le grand vent orangé qui a frappé la cabane était en fait un message de ma mère, donc de ta grand-mère, Hazelia. Elle a toujours souhaité qu'il y ait de l'entraide dans la nébuleuse. Elle s'est donc servie de son tout dernier pouvoir pour rappeler aux habitants que l'entraide devait revenir parmi eux, malgré la fatigue et la baisse d'énergie provoquées par l'astéroïde. Lors de votre soirée pyjama, il y avait beaucoup de tension dans l'air… et quand l'atmosphère devient trop lourde, des trous noirs se forment, ce qui cause à chaque fois des dégâts imprévisibles.

– Tu veux dire que grand-mère a profité de ce moment pour nous avertir ? Elle a fait ça exprès ? questionne Hazelia.

– Oui. Elle a décidé de nous lancer un avertissement. Lorsque je suis arrivé ici, j'ai retrouvé son éprouvette cassée sur le sol.

– Impressionnant ! ajoute Hazelia.

–Je sais que la destruction de votre refuge peut vous sembler extrême comme réaction de la part de grand-mère, mais croyez-moi, le trou noir qui aurait pu survenir aurait fait de bien pires dégâts. Ma mère a jugé bon de nous avertir avant qu'il ne soit trop tard. Elle savait qu'en détruisant la cabane à laquelle vous tenez tant, elle allait provoquer une réaction de solidarité chez vous. Et que cette réaction allait se répandre dans toute la nébuleuse, ce qui a été le cas.

– Waouh ! ajoute Hazelia. Elle sait s'y prendre pour rétablir l'ordre, ma grand-mère !

– En effet, dit-il, en prenant chacune des petites par la main pour les conduire à la sortie de la grotte.

C'est dans une immense joie que Coralia et Isadora accueillent leurs amies de retour sous le soleil.

– Vous allez tout nous raconter, n'est-ce pas ? insiste Coralia.

– Ah ! Fallait être là ! ricane Hazelia en faisant un clin d'œil complice à son père.

14

Le nouveau refuge

De retour chez Hazelia, c'est dans la joie et en chantant que les amies reconstruisent leur tout nouveau refuge. Celui-ci sera encore plus beau qu'avant et davantage à leur image.

Depuis la base du grand arbre, avec la mère d'Hazelia et d'autres habitants venus les aider, les filles font la chaîne pour transporter les matériaux jusqu'à la cabane.

Installé tout en haut, et bien accroché par un système de cordes et de harnais, le père d'Hazelia utilise les outils anciens de son père pour faire les réparations. Hazelia le regarde travailler avec beaucoup d'admiration.

En un après-midi, tout est reconstruit ! Les fillettes sont vraiment heureuses.

Afin d'immortaliser ce moment magique, chaque amie trempe une main dans la peinture et laisse son empreinte bien en évidence sur la cabane. À côté de la main d'Hazelia et de Nebulia, on retrouve des minuscules traces de pattes. En effet, les animoulous ont aussi été invités à marquer leur territoire !

Dès que la peinture sera sèche, les copines pourront enfin dormir dans leur précieux refuge. Mais cette fois, elles feront preuve de gentillesse, de patience et d'entraide. Car maintenant, elles le savent : derrière les étoiles, nos ancêtres peuvent encore nous enseigner les bonnes manières !

Fin

As-tu lu le premier tome ?

Table

Photogravure Nord Compo - Villeneuve-d'Ascq

Imprimé en Roumanie par Rotolito Romania
Dépôt légal : juin 2023
Achevé d'imprimer : mai 2023
33.6565.9/01 – ISBN 978-2-01-788331-9
Loi n° 49956 du 16 juillet 1949
sur les publications destinées à la jeunesse